AF381675

Widmung

Dieses Buch ist für meine Partnerin Kim, meine Familie und all meine Freunde , sowie für jeden interssierten Leser und jede interessierte Leserin.
Danke vorab für Ihr entgegengebrachtes Interesse.

Ilkay Lechner

Facetten der Liebe

 tredition

Impressum

© 2024 Lechner Ilkay
Umschlag, Illustration: Lechner Ilkay

Druck und Distribution im Auftrag des Autors/der Autorin:Lechner Ilkay
tredition GmbH, Halenreie 40-44, 22359 Hamburg, Deutschland

ISBN
Paperback   978-3-384-33477-0
Hardcover   978-3-384-33478-7
e-Book   978-3-384-33479-4
Großschnitt   978-3-384-33480-0

Das Werk, einschließlich seiner Teile, ist urheberrechtlich geschützt. Für die Inhalte ist Lechner Ilkay verantwortlich. Jede Verwertung ist ohne seine Zustimmung unzulässig. Die Publikation und Verbreitung erfolgen im Auftrag Lechner Ilkays, zu erreichen unter: tredition GmbH, Abteilung "Impressumservice", Halenreie 40-44, 22359 Hamburg, Deutschland.

Inhaltsverzeichnis

- **Die spirituelle Dimension der Liebe**

  - Liebe als universelle Kraft
  - Religiöse Perspektiven auf Liebe
  - Liebe zu allem Leben: Von der Menschheit zur Natur

- **Liebe und Gesellschaft**

  - Liebe in der modernen Welt: Ein Vergleich mit früheren Zeiten
  - Die Rolle von Liebe in sozialen Bewegungen
  - Die Auswirkungen von Technologie auf die Liebe

- **Liebe und Verlust**

  - Die Schmerzen des Liebeskummers
  - Wege zur Heilung und Transformation
  - Wie Verluste unser Verständnis von Liebe vertiefen können

- **Schlusswort: Die unendliche Reise der Liebe**

Vorwort

Dieses Buch gilt jeder Person, welche sich rund ums Thema Liebe bereichern möchte.

Jeder Mensch dieser Erde hat ein Recht darauf zu lieben und geliebt zu werden unabhängig seiner Herkunft, Sexualität oder seiner Religion.

Der Inhalt gilt ausschließlich als

Eigeninterpretation des Themas und nicht als zwanghafte Darstellung dessen, wie oder wen man liebt.

Kapitel 1 – Einführung: Was ist Liebe?

Liebe ist ein Phänomen, das die Menschheit seit Anbeginn der Zeit fasziniert. Es gibt kein einzelnes Wort, das die Tiefe und Vielschichtigkeit dessen, was wir als Liebe empfinden, vollständig erfassen kann. Für einige ist Liebe ein Gefühl des tiefen Verbunden-Seins mit einem anderen Menschen, während sie für andere ein universelles Prinzip ist, das alles Leben miteinander verbindet.

Historisch gesehen haben Kulturen auf der ganzen Welt unterschiedliche Auffassungen von Liebe entwickelt. In der antiken griechischen Philosophie gab es beispielsweise verschiedene Begriffe, um die unterschiedlichen Arten von Liebe zu beschreiben: *Eros* für die leidenschaftliche, sexuelle Liebe, *Philia* für die freundschaftliche Liebe, *Storge* für die familiäre Liebe und *Agape* für die bedingungslose, selbstlose Liebe.

In der modernen Psychologie wird Liebe oft als ein komplexes Zusammenspiel von Emotionen, Gedanken und Verhaltensweisen beschrieben. Sie kann in verschiedenen Formen und Intensitäten auftreten, von der romantischen Liebe zwischen Partnern bis hin zur tiefen Zuneigung zwischen Freunden oder der selbstlosen Liebe einer Mutter zu ihrem Kind.

Doch so unterschiedlich die Definitionen und Formen der Liebe auch sein mögen, eines ist klar: Liebe ist eine der mächtigsten Kräfte, die uns antreibt und unser Leben tiefgreifend beeinflusst. Sie ist der Grund, warum wir uns bemühen, wachsen und manchmal auch leiden. Doch vor allem ist sie das, was unser Leben wirklich lebenswert macht.

Kapitel 1.1: Die vielen Gesichter der Liebe

Liebe ist viel mehr als ein einzelnes Gefühl oder eine einfache Emotion. Sie ist ein komplexes, multidimensionales Phänomen, das in unterschiedlichsten Formen und Facetten auftritt. Diese verschiedenen Gesichter der Liebe begleiten uns durch alle Phasen unseres Lebens und beeinflussen, wie wir die Welt und uns selbst wahrnehmen. In diesem Kapitel wollen wir die Vielschichtigkeit der Liebe erkunden, indem wir die verschiedenen Arten, Ausdrucksformen und Bedeutungen beleuchten, die Liebe in unserem Leben annehmen kann.

Kapitel 1.2: Historische Perspektiven auf die Liebe

Die Liebe, in all ihren Formen, ist ein zentrales Thema der menschlichen Existenz und Kultur. Doch die Art und Weise, wie Liebe verstanden, erlebt und dargestellt wird, hat sich im Laufe der Jahrhunderte erheblich verändert. Dieses Kapitel beleuchtet die Entwicklung der Konzepte und Vorstellungen von Liebe in verschiedenen historischen Epochen und Kulturen, um ein tieferes Verständnis davon zu vermitteln, wie sich unsere heutigen Ansichten über die Liebe entwickelt haben.

Kapitel 1.3: Liebe in der Philosophie und Psychologie

Liebe ist ein zentrales Thema, das seit jeher Philosophen und Psychologen gleichermaßen beschäftigt. Beide Disziplinen haben im

Laufe der Jahrhunderte unterschiedliche Ansätze und Theorien entwickelt, um das Wesen der Liebe zu verstehen. Während die Philosophie oft die metaphysischen und ethischen Aspekte der Liebe untersucht, konzentriert sich die Psychologie auf die emotionalen, kognitiven und verhaltensbezogenen Dimensionen. In diesem Kapitel werden wir einen Überblick über die wichtigsten philosophischen und psychologischen Theorien zur Liebe geben und ihre Relevanz für unser heutiges Verständnis von Liebe diskutieren.

Die philosophische Untersuchung der Liebe begann bereits in der Antike. Einer der einflussreichsten Denker in diesem Bereich war Platon, der in seinem Dialog *Das Gastmahl* (*Symposion*) die Idee der "platonischen Liebe" entwickelte. Diese Form der Liebe ist nicht auf körperliche Anziehung beschränkt, sondern strebt nach der geistigen und seelischen Verbindung zwischen Menschen. Platon unterscheidet zwischen der körperlichen Liebe (*Eros*) und einer höheren, geistigen Liebe, die zur Erkenntnis des Göttlichen führt.

Im Mittelalter wurde die Liebe stark von religiösen Vorstellungen geprägt. Philosophen wie Thomas von Aquin sahen die Liebe als Ausdruck göttlicher Gnade und als zentralen Bestandteil der christlichen Ethik. Liebe wurde als eine Tugend betrachtet, die sowohl die Liebe zu Gott als auch die Nächstenliebe umfasst.

In der Neuzeit verschob sich der Fokus der Philosophie zunehmend auf die individuellen und subjektiven Aspekte der Liebe. Friedrich Nietzsche zum Beispiel betrachtete die Liebe als eine Ausdrucksform des Willens zur Macht, während Søren Kierkegaard die Liebe als eine existenzielle Herausforderung sah, die den Einzelnen zur Auseinandersetzung mit sich selbst und dem Absoluten zwingt.

Jean-Paul Sartre, ein Vertreter des Existentialismus, betrachtete die Liebe hingegen als eine Art Machtkampf, in dem der Liebende versucht, den anderen zu einem Teil seines eigenen Wesens zu machen. Für Sartre ist die Liebe oft von einem Spannungsverhältnis zwischen Freiheit und Bindung geprägt, was zu einem unvermeidlichen Konflikt führt.

Während Philosophen die Liebe oft aus einem eher theoretischen Blickwinkel betrachteten, versuchte die Psychologie, die Liebe als ein komplexes menschliches Verhalten und als Emotion zu erforschen. Sigmund Freud, der Begründer der Psychoanalyse, sah die Liebe hauptsächlich durch die Linse der Sexualität. Für Freud ist die Liebe ein Ausdruck von Trieben, die in den frühen Kindheitsjahren geprägt werden. Er betonte die Bedeutung der kindlichen Bindung an die Eltern und sah in der romantischen Liebe eine Wiederholung dieser frühen Erfahrungen.

In der Mitte des 20. Jahrhunderts erweiterten Psychologen wie Erich Fromm das Verständnis von Liebe. In seinem Buch *Die Kunst des Liebens* beschreibt Fromm die Liebe nicht nur als emotionale Erfahrung, sondern als eine aktive Praxis, die Selbstdisziplin, Mut und Hingabe erfordert. Für Fromm ist Liebe eine Entscheidung, eine Haltung gegenüber der Welt, die sowohl Selbstliebe als auch Nächstenliebe einschließt.

Ein weiterer bedeutender Beitrag zur Psychologie der Liebe kam von John Bowlby und seiner Bindungstheorie. Bowlby untersuchte, wie die frühen Bindungserfahrungen eines Kindes zu seinen Eltern die Fähigkeit zur Liebe und zu emotionalen Beziehungen im Erwachsenenalter beeinflussen. Seine Forschung zeigte, dass sichere

Bindungen in der Kindheit die Grundlage für gesunde und stabile Liebesbeziehungen im Erwachsenenalter legen.

In der modernen Psychologie hat die Liebe auch durch die Theorie der *triangular theory of love* von Robert Sternberg an Bedeutung gewonnen. Sternberg beschreibt die Liebe als eine Kombination aus drei Komponenten: Intimität, Leidenschaft und Verpflichtung. Diese drei Aspekte können in verschiedenen Kombinationen auftreten und führen zu unterschiedlichen Formen der Liebe, von romantischer Liebe über freundschaftliche Zuneigung bis hin zu partnerschaftlicher Liebe.

Kapitel 2 – Die Liebe zu sich selbst

L iebe beginnt bei uns selbst. Ohne Selbstliebe können wir andere nicht wirklich lieben. Doch was bedeutet es, sich selbst zu lieben? Ist es einfach ein Gefühl von Zufriedenheit mit dem eigenen Leben? Oder steckt mehr dahinter?

Selbstliebe wird oft missverstanden. Viele denken dabei an Egoismus oder Narzissmus, doch in Wahrheit handelt es sich um eine gesunde Wertschätzung der eigenen Person. Es bedeutet, sich selbst mit all seinen Stärken und Schwächen anzunehmen, für das eigene Wohl zu sorgen und sich selbst zu vergeben.

Kapitel 2.1: Selbstliebe vs. Narzissmus

Was ist Selbstliebe?

Selbstliebe bedeutet, sich selbst mit all seinen Stärken und Schwächen anzunehmen und wertzuschätzen. Es geht darum, sich selbst Fürsorge, Respekt und Mitgefühl entgegenzubringen. Diese Form der Liebe ist eine gesunde Grundlage, auf der wir Beziehungen zu anderen aufbauen können. Denn nur wer sich selbst liebt, ist wirklich in der Lage, aufrichtige Liebe zu geben und zu empfangen.

Selbstliebe zeigt sich in verschiedenen Aspekten unseres Lebens:

- **Selbstakzeptanz:** Selbstliebe bedeutet, sich so zu akzeptieren, wie man ist, ohne ständige Selbstkritik oder das Streben nach einem unerreichbaren Ideal.

- **Gesunde Grenzen:** Ein selbstliebender Mensch weiß, wie er gesunde Grenzen setzt und seine eigenen Bedürfnisse und Wünsche respektiert, ohne dabei die Bedürfnisse anderer zu übergehen.

- **Selbstfürsorge:** Selbstliebe zeigt sich in der Art und Weise, wie wir uns selbst behandeln. Das umfasst körperliche, emotionale und geistige Pflege, wie gesunde Ernährung, ausreichend Schlaf, Bewegung und Zeit für sich selbst.

Selbstliebe ist keine Selbstsucht. Sie ist die Grundlage für ein gesundes Selbstbewusstsein, das es uns ermöglicht, liebevolle Beziehungen zu anderen zu pflegen, ohne uns selbst aufzugeben. Selbstliebe fördert ein Leben in Balance, in dem wir uns selbst achten, ohne egoistisch zu werden.

Was ist Narzissmus?

Narzissmus hingegen ist eine verzerrte Form von Selbstbezogenheit, die oft als übersteigerte Selbstliebe missverstanden wird. Doch im Gegensatz zur gesunden Selbstliebe ist Narzissmus geprägt von Egozentrik, Überheblichkeit und einem ständigen Bedürfnis nach Bewunderung.

Ein narzisstisches Verhalten zeichnet sich durch folgende Merkmale aus:

- **Übersteigertes Selbstwertgefühl:** Narzissten haben oft ein überhöhtes Bild von sich selbst und erwarten, dass andere ihre Großartigkeit anerkennen, unabhängig davon, ob es gerechtfertigt ist.

- **Mangel an Empathie:** Narzissten fällt es schwer, die Gefühle und Bedürfnisse anderer wahrzunehmen oder zu respektieren. Sie neigen dazu, ihre eigenen Interessen über alles andere zu stellen.

- **Manipulation und Kontrolle:** Um ihre Ziele zu erreichen, manipulieren Narzissten oft andere Menschen und versuchen, sie zu kontrollieren. Sie sehen andere oft als Mittel zum Zweck, um ihre eigene Macht und Anerkennung zu steigern.

Während Selbstliebe auf innerer Zufriedenheit und einem realistischen Selbstbild basiert, ist Narzissmus von Unsicherheit und einem tiefen Bedürfnis nach äußerer Bestätigung getrieben. Narzissten versuchen oft, ihre eigenen inneren Unsicherheiten zu kompensieren, indem sie sich über andere erheben und ihre eigenen Bedürfnisse rücksichtslos verfolgen.

Selbstliebe und Narzissmus im Vergleich

Der Schlüsselunterschied zwischen Selbstliebe und Narzissmus liegt im Motiv und in der Wirkung auf andere. Selbstliebe fördert gesunde, respektvolle Beziehungen, weil sie auf einem stabilen Selbstwertgefühl basiert. Sie ermöglicht es, aufrichtiges Mitgefühl für sich selbst und andere zu empfinden.

Narzissmus hingegen führt zu toxischen Beziehungen, da der Narzisst andere Menschen oft benutzt, um seine eigenen Bedürfnisse zu befriedigen. Während ein selbstliebender Mensch in der Lage ist, Fehler einzugestehen und aus ihnen zu lernen, wird ein Narzisst seine Fehler oft leugnen oder auf andere projizieren.

Selbstliebe als Schutz vor Narzissmus

Eine gesunde Selbstliebe ist der beste Schutz gegen narzisstisches Verhalten. Indem wir uns selbst akzeptieren und lieben, wie wir sind, bauen wir ein stabiles Fundament, auf dem wir unsere Beziehungen und unser Leben aufbauen können. Selbstliebe erlaubt es uns, ehrlich zu uns selbst zu sein, ohne überheblich zu werden, und gleichzeitig empathisch und rücksichtsvoll gegenüber anderen zu handeln.

Indem wir die Unterschiede zwischen Selbstliebe und Narzissmus verstehen, können wir bewusster an uns arbeiten und sicherstellen, dass wir uns auf eine Weise lieben, die nicht nur uns selbst, sondern auch den Menschen um uns herum zugutekommt.

Kapitel 2.2: Wege zur Selbstakzeptanz

Selbstakzeptanz ist die Basis für ein erfülltes und glückliches Leben. Sie bedeutet, sich selbst mit all seinen Stärken und Schwächen zu akzeptieren und sich selbst mit Mitgefühl und Verständnis zu begegnen. Doch wie erreichen wir diesen Zustand der Selbstakzeptanz? In diesem Kapitel werden wir uns mit verschiedenen Wegen befassen, die uns dabei helfen können, uns selbst anzunehmen und zu lieben.

1. Selbstreflexion und Selbsterkenntnis

Der erste Schritt zur Selbstakzeptanz ist die Selbstreflexion. Dies bedeutet, dass wir uns bewusst mit unseren eigenen Gedanken, Gefühlen und Verhaltensweisen auseinandersetzen. Hierbei kann es hilfreich sein, ein Tagebuch zu führen, um regelmäßig über unsere Erlebnisse und Emotionen nachzudenken. Durch diese Praxis können wir Muster und wiederkehrende Themen in unserem Leben erkennen und verstehen, wie wir auf bestimmte Situationen reagieren.

Selbsterkenntnis bedeutet auch, sich seiner eigenen Stärken und Schwächen bewusst zu werden. Dies kann durch Feedback von anderen, Selbstbeobachtung oder professionelle Beratung geschehen. Indem wir uns unserer eigenen Eigenschaften bewusst werden, können wir anfangen, uns selbst realistischer und fairer zu sehen.

2. Akzeptanz der eigenen Unvollkommenheit

Keiner von uns ist perfekt. Die Gesellschaft und die Medien fördern oft unerreichbare Standards und Schönheitsideale, die uns das Gefühl geben können, wir seien nicht genug. Ein wichtiger Teil der Selbstakzeptanz ist daher die Akzeptanz unserer eigenen Unvollkommenheit. Das bedeutet, dass wir uns erlauben, Fehler zu machen und Schwächen zu haben, ohne uns selbst zu verurteilen.

Wir sollten uns daran erinnern, dass unsere Unvollkommenheiten uns nicht minderwertig machen, sondern Teil unserer Menschlichkeit sind. Es ist wichtig, sich selbst mit Freundlichkeit zu begegnen und zu akzeptieren, dass Fehler und Mängel normale Bestandteile des Lebens sind.

3. Selbstmitgefühl entwickeln

Selbstmitgefühl ist eine wesentliche Komponente der Selbstakzeptanz. Es bedeutet, sich selbst in schwierigen Zeiten mit derselben Freundlichkeit und Fürsorglichkeit zu begegnen, die wir einem guten Freund entgegenbringen würden. Anstatt sich selbst zu kritisieren oder zu verurteilen, sollten wir uns bei Herausforderungen oder Misserfolgen trösten und unterstützen.

Eine effektive Übung im Selbstmitgefühl ist die Praxis der achtsamen Selbstvergebung. Wenn wir Fehler machen oder uns selbst im Weg stehen, können wir uns sagen: „Ich habe einen Fehler gemacht, aber das bedeutet nicht, dass ich weniger wert bin. Jeder macht Fehler, und ich werde daraus lernen und wachsen."

4. Gesunde Grenzen setzen

Selbstakzeptanz bedeutet auch, gesunde Grenzen zu setzen und für sich selbst einzutreten. Dies bedeutet, dass wir unsere eigenen Bedürfnisse und Wünsche respektieren und uns nicht von anderen ausnutzen lassen. Es ist wichtig, klar zu kommunizieren, was wir akzeptieren und was nicht, und uns nicht zu scheuen, „nein" zu sagen, wenn es notwendig ist.

Gesunde Grenzen helfen uns, unsere eigene Integrität und unser Selbstwertgefühl zu wahren. Sie verhindern, dass wir uns in ungesunde Beziehungen oder Situationen verwickeln, die unsere Selbstachtung untergraben könnten.

5. Positive Selbstgespräche pflegen

Wie wir mit uns selbst sprechen, hat einen großen Einfluss auf unser Selbstbild. Oft sind wir unsere eigenen schärfsten Kritiker, und die inneren Selbstgespräche sind von Selbstzweifeln und negativen Gedanken geprägt. Ein wichtiger Schritt zur Selbstakzeptanz ist daher, positive und unterstützende Selbstgespräche zu fördern.

Das bedeutet, sich selbst mit Freundlichkeit und Ermutigung zu begegnen. Anstatt sich für vermeintliche Mängel zu kritisieren, sollten wir uns auf unsere Stärken und Erfolge konzentrieren. Affirmationen, also positive Bestätigungen, können hierbei hilfreich sein, um ein gesundes Selbstbild zu fördern.

6. Selbstpflege praktizieren

Selbstpflege ist ein weiterer wichtiger Aspekt der Selbstakzeptanz. Dies umfasst sowohl körperliche als auch emotionale Selbstpflege. Körperliche Selbstpflege bedeutet, auf unsere Gesundheit zu achten, uns regelmäßig zu bewegen, uns gesund zu ernähren und ausreichend Schlaf zu bekommen.

Emotionale Selbstpflege beinhaltet, sich regelmäßig Zeit für sich selbst zu nehmen, Dinge zu tun, die uns Freude bereiten, und sich mit Menschen zu umgeben, die uns unterstützen und inspirieren. Indem wir uns selbst pflegen, zeigen wir uns selbst, dass wir uns wertschätzen und respektieren.

7. Der Weg zur Selbstakzeptanz ist ein Prozess

Selbstakzeptanz ist kein Zustand, den wir einmal erreichen und dann als abgeschlossen betrachten. Es ist ein fortlaufender Prozess, der ständige Arbeit und Aufmerksamkeit erfordert. Wir werden uns immer wieder mit neuen Herausforderungen und Veränderungen konfrontiert sehen, die unsere Selbstakzeptanz auf die Probe stellen.

Es ist wichtig, geduldig mit sich selbst zu sein und sich die Zeit zu geben, die man braucht, um diesen Weg zu gehen. Jeder Fortschritt, so klein er auch sein mag, ist ein Schritt in die richtige Richtung. Die

Reise zur Selbstakzeptanz ist eine lebenslange Reise, die uns immer wieder neue Erkenntnisse und Wachstum bringt.

Kapitel 3.1: Die Rolle der Selbstliebe in Beziehungen

Selbstliebe ist ein fundamentales Konzept in der Psychologie und Philosophie, das eng mit dem Wohlbefinden und der Qualität unserer zwischenmenschlichen Beziehungen verknüpft ist. Dieses Kapitel untersucht, wie Selbstliebe unser Verständnis von Beziehungen beeinflusst und wie sie dazu beitragen kann, gesunde und erfüllende Partnerschaften zu gestalten.

1. Was ist Selbstliebe?

Selbstliebe ist weit mehr als nur das gelegentliche Loben der eigenen Stärken oder das Genießen kleiner Selbstbelohnungen. Es ist die tiefe und bedingungslose Akzeptanz und Wertschätzung des eigenen Selbst. Es bedeutet, sich selbst mit Freundlichkeit, Mitgefühl und Respekt zu behandeln und die eigene Einzigartigkeit anzuerkennen, ohne sich mit anderen zu vergleichen oder sich durch eigene Mängel definieren zu lassen.

Selbstliebe ist nicht egoistisch; im Gegenteil, sie ist eine notwendige Grundlage für gesunde Beziehungen. Wenn wir uns selbst lieben, sind wir in der Lage, uns selbst zu akzeptieren, unsere Bedürfnisse zu erkennen und gesunde Grenzen zu setzen. Diese Fähigkeiten sind entscheidend, um in Beziehungen authentisch und ausgewogen zu agieren.

2. Selbstliebe als Basis für gesunde Beziehungen

Ein gesundes Selbstwertgefühl und Selbstliebe wirken sich auf viele Aspekte einer Beziehung aus:

- **Grenzen setzen:** Menschen, die sich selbst lieben, sind besser darin, klare und gesunde Grenzen zu setzen. Sie erkennen ihre eigenen Bedürfnisse und sind bereit, diese in einer Beziehung zu kommunizieren. Grenzen sind wichtig, um das eigene Wohlbefinden zu schützen und respektvolle Interaktionen zu gewährleisten.

- **Emotionale Unabhängigkeit:** Selbstliebe fördert emotionale Unabhängigkeit. Während es natürlich ist, emotionale Unterstützung von Partnern zu suchen, bedeutet Selbstliebe, dass wir nicht ausschließlich von einem anderen Menschen abhängen, um uns vollständig oder glücklich zu fühlen. Diese Unabhängigkeit ermöglicht es, dass Beziehungen auf Gleichwertigkeit und gegenseitigem Respekt basieren, anstatt auf der Erfüllung emotionaler Bedürfnisse, die nur durch den Partner gestillt werden können.

- **Gegenseitige Unterstützung:** Selbstliebe bedeutet auch, sich selbst gegenüber freundlich zu sein, auch wenn Fehler gemacht werden. Diese Haltung der Selbstakzeptanz kann sich auf den Partner übertragen, was zu mehr Geduld und Verständnis führt. Menschen, die sich selbst lieben, sind oft besser darin, ihren Partnern Empathie und Unterstützung zu bieten, ohne sich dabei selbst zu vernachlässigen.

- **Konfliktlösung:** In einer Beziehung können Konflikte unvermeidlich sein. Selbstliebe hilft dabei, konstruktiv mit Konflikten umzugehen, weil sie es ermöglicht, die eigenen Emotionen besser zu regulieren und nicht aus einem Platz der Unsicherheit oder des Mangels heraus zu handeln. Menschen, die sich selbst wertschätzen, neigen dazu, Konflikte fair und respektvoll zu lösen, da sie sich ihrer eigenen Bedürfnisse und Gefühle bewusst sind.

3. Selbstliebe und die Vermeidung von Co-Abhängigkeit

Co-Abhängigkeit tritt auf, wenn eine Person in einer Beziehung ihre eigenen Bedürfnisse und Wünsche zugunsten des Partners vernachlässigt oder sich auf die Bestätigung des Partners verlässt, um sich wertvoll zu fühlen. Selbstliebe hilft, Co-Abhängigkeit zu vermeiden, indem sie ein gesundes Selbstbewusstsein und eine starke persönliche Identität fördert.

Indem wir uns selbst lieben, können wir die Notwendigkeit reduzieren, durch den Partner validiert zu werden. Stattdessen bringen wir eine vollere, reichhaltigere Version von uns selbst in die Beziehung, die nicht nur die eigene Selbstwertschätzung stärkt, sondern auch den Partner auf eine Weise bereichert, die auf wahrem Verständnis und gegenseitiger Unterstützung basiert.

4. Praktische Wege zur Förderung von Selbstliebe in Beziehungen

- **Selbstreflexion:** Regelmäßige Selbstreflexion kann helfen, sich der eigenen Bedürfnisse und Grenzen bewusst zu werden. Dies kann durch Journaling, Meditation oder Gespräche mit einem Therapeuten erfolgen.

- **Selbstfürsorge:** Aktive Selbstfürsorge ist entscheidend. Dies kann bedeuten, sich Zeit für Hobbys zu nehmen, regelmäßig Sport zu treiben oder einfach nur ausreichend Schlaf zu bekommen. Wenn wir uns selbst pflegen, zeigen wir uns selbst, dass wir es wert sind, gut behandelt zu werden.

• **Kommunikation:** Offene und ehrliche Kommunikation über eigene Bedürfnisse und Gefühle kann Missverständnisse vermeiden und sicherstellen, dass beide Partner auf einer soliden Basis stehen. Dies beinhaltet auch das Teilen von Bedürfnissen und Wünschen auf eine respektvolle Weise.

• **Akzeptanz der Imperfektion:** Niemand ist perfekt, und das gilt auch für Beziehungen. Selbstliebe bedeutet, die eigene Unvollkommenheit zu akzeptieren und sich nicht durch Fehler oder Schwächen entmutigen zu lassen. Diese Akzeptanz erleichtert es, die Unvollkommenheiten des Partners ebenfalls anzunehmen.

5. Fazit: Selbstliebe als Schlüssel zu erfüllenden Beziehungen

Selbstliebe ist weit mehr als nur ein persönliches Wohlfühl-Phänomen. Sie bildet die Grundlage für gesunde, ausgewogene und erfüllende Beziehungen. Indem wir uns selbst lieben, schaffen wir die Voraussetzungen für ein tiefes Verständnis unserer eigenen Bedürfnisse und die Fähigkeit, diese auf eine gesunde Weise in Beziehungen einzubringen. Selbstliebe ermöglicht es uns, authentische Verbindungen zu anderen aufzubauen und trägt dazu bei, dass wir in Beziehungen nicht nur glücklich, sondern auch harmonisch und respektvoll leben können.

In der Kunst der Liebe ist Selbstliebe der erste Schritt, um wahre Liebe zu erfahren und zu geben. Sie ist der Schlüssel, der die Tür zu erfüllenden und dauerhaften Beziehungen öffnet, indem sie ein Fundament des Vertrauens, der Wertschätzung und des Respekts legt.

Kapitel 3 – Romantische Liebe

Romantische Liebe ist eine der faszinierendsten und komplexesten Formen der Liebe. Sie ist in vielen Kulturen und zu vielen Zeiten ein zentrales Thema in Kunst, Literatur und Philosophie gewesen. Doch was macht romantische Liebe so besonders und wie unterscheidet sie sich von anderen Arten der Liebe?

3.1 Verliebtsein vs. wahre Liebe

Verliebtsein ist oft das erste Stadium der romantischen Liebe und zeichnet sich durch intensive Gefühle von Anziehung und Begeisterung aus. Es ist geprägt von einer tiefen emotionalen und physischen Reaktion auf eine andere Person, oft verbunden mit idealisierten Vorstellungen und einer fast berauschenden Euphorie. In diesem Stadium erscheinen die positiven Eigenschaften des Partners besonders herausragend, während mögliche Schwächen oft ignoriert oder übersehen werden.

Wahre Liebe hingegen ist ein tieferes, stabileres Gefühl, das sich mit der Zeit entwickelt. Es beinhaltet nicht nur die leidenschaftliche Anziehung, die beim Verliebtsein vorherrscht, sondern auch ein tiefes Verständnis und eine Akzeptanz der Stärken und Schwächen des Partners. Wahre Liebe ist geprägt von Vertrauen, Respekt und einem echten Interesse am Wohlergehen des anderen. Sie wächst durch gemeinsame Erfahrungen, Herausforderungen und die bewusste Entscheidung, füreinander da zu sein, auch wenn die anfängliche Begeisterung nachlässt.

Kapitel 3.2 Die Chemie der Liebe: Was passiert im Gehirn

Liebe ist ein zutiefst menschliches Erlebnis, das sowohl das Herz als auch den Verstand berührt. Doch hinter der romantischen Magie und dem intensiven Gefühl, das wir als Liebe empfinden, verbirgt sich eine komplexe chemische und neurologische Realität. In diesem Kapitel werfen wir einen Blick darauf, was genau im Gehirn geschieht, wenn wir verliebt sind, und wie chemische Prozesse unsere Erfahrungen von Liebe beeinflussen.

Die Biochemie der Liebe

Liebe ist nicht nur eine Frage des Herzens, sondern ein faszinierendes Zusammenspiel von Chemikalien und Neurotransmittern im Gehirn. Die wichtigsten dieser Chemikalien sind Dopamin, Oxytocin, Serotonin und Noradrenalin. Jede dieser Substanzen spielt eine einzigartige Rolle in der Art und Weise, wie wir Liebe erleben.

1. Dopamin: Der Belohnungsbotenstoff

Dopamin wird oft als "Belohnungschemikalie" des Gehirns bezeichnet. Wenn wir uns in jemanden verlieben, schüttet unser Gehirn große Mengen Dopamin aus. Diese Neurotransmitter sind dafür verantwortlich, dass wir uns euphorisch, motiviert und aufgeregt fühlen. Sie verstärken die angenehmen Gefühle, die wir in der Gegenwart unseres Partners erleben, und machen uns anfällig für die "Schmetterlinge im Bauch", die viele Menschen beschreiben.

Dopamin ist auch eng mit der Fähigkeit des Gehirns verbunden, Belohnungen zu erkennen und zu suchen. Dies erklärt, warum das

Verlangen nach der Nähe eines geliebten Menschen oft so stark ist und warum wir uns ungeduldig auf gemeinsame Momente freuen.

2. Oxytocin: Das "Kuschelhormon"

Oxytocin wird oft als "Kuschelhormon" oder "Bindungshormon" bezeichnet. Es spielt eine wesentliche Rolle bei der Entstehung und Aufrechterhaltung von Bindungen zwischen Menschen, sei es zwischen Eltern und Kindern oder zwischen romantischen Partnern. Oxytocin wird während körperlicher Nähe wie Umarmungen, Küssen und sexueller Intimität freigesetzt.

Dieses Hormon fördert das Gefühl von Vertrauen und Nähe und stärkt emotionale Bindungen. Studien haben gezeigt, dass Oxytocin nicht nur das Wohlbefinden steigert, sondern auch die Bereitschaft erhöht, Vertrauen zu schenken und emotionale Unterstützung zu bieten.

3. Serotonin: Der Stimmungsregulator

Serotonin ist ein Neurotransmitter, der eine zentrale Rolle bei der Regulierung von Stimmung und Emotionen spielt. In der Anfangsphase einer romantischen Beziehung kann der Serotoninspiegel stark variieren, was teilweise für die intensiven Gefühle und die Schwankungen in der emotionalen Stabilität verantwortlich ist, die viele Menschen erleben.

Während der Verliebtheitsphase kann der Serotoninspiegel niedrig sein, was dazu beiträgt, dass die Gedanken an den Partner nahezu ständig präsent sind. In langfristigen Beziehungen stabilisiert sich der Serotoninspiegel in der Regel und trägt zu einem ausgeglicheneren emotionalen Zustand bei.

4. Noradrenalin: Der Aufmerksamkeitsverstärker

Noradrenalin, auch bekannt als Norepinephrin, ist ein Neurotransmitter, der mit der Stressreaktion und der Erhöhung der Aufmerksamkeit verbunden ist. Wenn wir uns in jemanden verlieben, wird Noradrenalin freigesetzt, was zu einer erhöhten Wachsamkeit und Energie führt. Diese Chemikalie kann auch dazu beitragen, dass wir die Verliebtheit als besonders aufregend und intensiv erleben.

Noradrenalin trägt dazu bei, dass wir uns lebendig und konzentriert fühlen, wenn wir Zeit mit der geliebten Person verbringen. Diese erhöhte Aufmerksamkeit auf den Partner kann auch dazu führen, dass wir kleinste Details und Verhaltensweisen besonders stark wahrnehmen.

Die Phasen der Liebe und ihre chemischen Begleiter

Die Erfahrung der Liebe verläuft oft in mehreren Phasen, und jede Phase ist mit unterschiedlichen chemischen Prozessen verbunden:

1. Die Phase des Verliebtseins

In dieser Anfangsphase sind Dopamin und Noradrenalin stark aktiv. Das Gefühl der Euphorie und der intensiven Anziehung sind Ausdruck der hohen Dopaminwerte, während Noradrenalin die erhöhte Aufmerksamkeit und Aufregung fördert. Diese Phase ist durch ständige Gedanken an den Partner und ein starkes Verlangen nach Nähe geprägt.

2. Die Phase der Bindung

Mit der Zeit verändert sich die Dynamik der Beziehung. Die anfängliche Intensität der Verliebtheit lässt nach, und Oxytocin tritt in den

Vordergrund. Dieser Übergang markiert den Beginn einer tiefen emotionalen Bindung und Stabilität in der Beziehung. Oxytocin fördert das Vertrauen und die emotionale Intimität, die für eine langfristige Partnerschaft entscheidend sind.

3. Die Phase der vertrauten Liebe

In einer stabilen, langfristigen Beziehung stabilisieren sich die chemischen Prozesse. Der Serotoninspiegel wird ausgeglichener, und die emotionale Intensität der ersten Verliebtheitsphase wird durch eine tiefergehende, ruhige Form der Liebe ersetzt. Diese Phase ist gekennzeichnet durch eine tiefe emotionale Verbindung und ein starkes Gefühl von Partnerschaft und Unterstützung.

Fazit

Die Chemie der Liebe zeigt uns, dass das, was wir als emotionale und romantische Erfahrungen verstehen, tief in den biologischen Prozessen unseres Gehirns verwurzelt ist. Dopamin, Oxytocin, Serotonin und Noradrenalin sind nicht nur chemische Botenstoffe, sondern auch Schlüsselakteure in der Art und Weise, wie wir Liebe erleben. Indem wir verstehen, wie diese Substanzen miteinander interagieren, können wir besser nachvollziehen, warum Liebe so intensiv, komplex und einzigartig ist.

Die Wissenschaft der Liebe bietet uns faszinierende Einblicke in die tiefsten Aspekte unserer menschlichen Natur. Sie zeigt uns, dass Liebe nicht nur ein Gefühl, sondern auch eine erstaunliche chemische und neurologische Reise ist, die unser Leben bereichert und uns verbindet.

Kapitel 3.3: Herausforderungen und Wachstum in romantischen Beziehungen

Romantische Beziehungen sind oft eine Quelle unermesslicher Freude und Erfüllung. Doch sie sind auch ein Terrain, das von Herausforderungen und Konflikten durchzogen ist. Diese Schwierigkeiten sind nicht nur Hindernisse, sondern auch Chancen für persönliches und gemeinsames Wachstum. In diesem Kapitel wollen wir die häufigsten Herausforderungen betrachten, mit denen Paare konfrontiert sind, und untersuchen, wie diese Herausforderungen zur Stärkung und Vertiefung einer Beziehung beitragen können.

1. Kommunikation als Schlüssel

Eine der grundlegendsten Herausforderungen in romantischen Beziehungen ist die Kommunikation. Missverständnisse, unausgesprochene Erwartungen und unzureichender Austausch können zu Konflikten und Entfremdung führen. Oft liegt das Problem nicht nur in dem, was gesagt wird, sondern auch in der Art und Weise, wie es gesagt wird.

Strategien zur Verbesserung der Kommunikation:

- **Aktives Zuhören:** Zeige Interesse an den Gefühlen und Gedanken deines Partners, ohne sofort zu urteilen oder Ratschläge zu geben.
- **Offenheit und Ehrlichkeit:** Teile deine eigenen Gefühle und Bedürfnisse klar und respektvoll mit.

- **Konfliktlösung:** Lerne, konstruktiv mit Meinungsverschiedenheiten umzugehen und vermeide es, Konflikte eskalieren zu lassen.

Durch gezielte Kommunikation können Paare Missverständnisse klären, emotionale Nähe schaffen und ein tieferes Verständnis füreinander entwickeln.

2. Individuelle Unterschiede akzeptieren

Kein Paar ist identisch, und jeder bringt unterschiedliche Erfahrungen, Werte und Erwartungen in eine Beziehung ein. Diese Unterschiede können zu Spannungen führen, insbesondere wenn Partner unterschiedliche Vorstellungen vom Leben oder von der Beziehung haben.

Wachstumschancen durch Differenzen:

- **Akzeptanz und Respekt:** Erkenne und schätze die Individualität deines Partners anstelle, sie zu ändern.
- **Kompromisse:** Entwickle Flexibilität, um gemeinsame Lösungen zu finden, die beiden Partnern gerecht werden.
- **Persönliches Wachstum:** Nutze die Unterschiede als Gelegenheit zur Selbstreflexion und zum Wachstum.

Das Akzeptieren und Respektieren individueller Unterschiede kann zu einer tieferen Verbindung führen und dazu beitragen, dass beide Partner ihre authentischen Selbst beibehalten.

3. Vertrauen und Verletzlichkeit

Vertrauen ist das Fundament jeder gesunden Beziehung. Dennoch kann das Vertrauen durch frühere Erfahrungen, Eifersucht oder Unsicherheiten beeinträchtigt werden. Verletzlichkeit zu zeigen, ist oft schwierig, insbesondere wenn man Angst hat, verletzt zu werden.

Wege zum Aufbau von Vertrauen:

- **Verlässlichkeit:** Halte deine Versprechen und sei konsequent in deinen Handlungen.
- **Transparenz:** Teile deine Gedanken und Gefühle ehrlich, auch wenn es schwierig ist.
- **Vergebung:** Arbeite an der Heilung und dem Wiederaufbau des Vertrauens, wenn es verletzt wurde.

Vertrauen und Verletzlichkeit erfordern Mut, können jedoch die emotionale Tiefe und Intimität einer Beziehung erheblich erhöhen.

4. Gemeinsame Ziele und Visionen

Ein weiteres bedeutendes Thema in romantischen Beziehungen ist die Ausrichtung auf gemeinsame Ziele und Visionen. Unterschiede in Lebenszielen oder -prioritäten können zu Konflikten führen, besonders wenn Partner sich in verschiedenen Lebensphasen befinden oder unterschiedliche Vorstellungen von der Zukunft haben.

Förderung gemeinsamer Ziele:

- **Zukunftsplanung:** Diskutiere regelmäßig über gemeinsame Pläne und Ziele, um sicherzustellen, dass beide Partner auf derselben Seite stehen.
- **Gemeinsame Aktivitäten:** Verbringe Zeit miteinander und arbeite an Projekten oder Hobbys, die euch beiden wichtig sind.
- **Flexibilität:** Sei bereit, deine Pläne und Prioritäten anzupassen, um gemeinsame Ziele zu erreichen.

Durch das Festlegen und Verfolgen gemeinsamer Ziele können Paare ihre Beziehung stärken und ein Gefühl von Teamarbeit und Kooperation entwickeln.

5. Balance zwischen Nähe und Autonomie

Eine romantische Beziehung kann oft die Balance zwischen Nähe und individueller Freiheit auf die Probe stellen. Beide Partner müssen lernen, eine gesunde Distanz zu wahren, um sich selbst zu entwickeln, während sie gleichzeitig die emotionale Nähe pflegen.

Wege zur Balance:

- **Selbstpflege:** Pflege deine eigenen Interessen und Aktivitäten, um deine persönliche Identität zu bewahren.
- **Qualitätszeit:** Verbringe bedeutungsvolle Zeit mit deinem Partner, um die emotionale Verbindung zu stärken.
- **Grenzen setzen:** Respektiere die Bedürfnisse und Freiräume deines Partners und kommuniziere deine eigenen Bedürfnisse klar.

Die Balance zwischen Nähe und Autonomie ist entscheidend, um sowohl die individuelle Freiheit als auch die Intimität in der Beziehung zu fördern.

Schlussfolgerung:

Herausforderungen in romantischen Beziehungen sind unvermeidlich, aber sie bieten auch wertvolle Möglichkeiten für Wachstum und Vertiefung. Indem Paare lernen, effektiv zu kommunizieren, Unterschiede zu akzeptieren, Vertrauen aufzubauen, gemeinsame Ziele zu verfolgen und eine gesunde Balance zu finden, können sie die Beziehung nicht nur stabilisieren, sondern auch bereichern. Die Fähigkeit, gemeinsam durch Schwierigkeiten zu navigieren, stärkt die Beziehung und fördert eine tiefere, authentischere Verbindung. Letztendlich ist es die Art und Weise, wie Paare mit Herausforderungen umgehen, die ihre Liebe und Partnerschaft prägt und weiterentwickelt.

Kapitel 4: Platonische Liebe und Freundschaft

Freundschaft ist eine Seele in zwei Körpern.– Aristoteles

In einer Welt, die oft von romantischen Beziehungen dominiert wird, könnte man leicht vergessen, wie bedeutend und bereichernd platonische Liebe und Freundschaft sein können. Diese Art von Beziehung ist eine der reinsten Formen menschlicher Verbundenheit und hat die Kraft, unser Leben auf eine Weise zu bereichern, die oft unterschätzt wird. In diesem Kapitel wollen wir uns mit den Nuancen der platonischen Liebe und Freundschaft auseinandersetzen, ihre Bedeutung erforschen und verstehen, wie sie sich von romantischen Beziehungen unterscheiden, aber dennoch genauso tiefgründig und wichtig sein können.

Kapitel 4.1. Die Essenz der platonischen Liebe

Platonische Liebe bezieht sich auf eine tiefe, emotionale Verbindung zwischen Menschen, die frei von romantischen oder sexuellen Aspekten ist. Der Begriff stammt ursprünglich aus der Philosophie von Platon, der in seinen Schriften, insbesondere in seinem Werk „Symposion", die Idee einer Liebe untersuchte, die über körperliche Anziehung hinausgeht. Platon beschrieb eine Art von Liebe, die sich auf geistige und emotionale Verbindungen konzentriert und das Streben nach Wahrheit und Weisheit in den Vordergrund stellt.

Im Wesentlichen umfasst platonische Liebe eine tiefe Wertschätzung und Zuneigung, die auf gemeinsamer Verständnis, Vertrauen und respektvoller Unterstützung basiert. Diese Art von Liebe kann zwischen Freunden, Familienmitgliedern oder sogar Kollegen bestehen und bietet eine stabile Grundlage für eine gesunde Beziehung, die auf gegenseitiger Achtung und emotionaler Unterstützung beruht.

Kapitel 4.2. Die Bedeutung von Freundschaft

Freundschaft ist eine der grundlegendsten und zugleich komplexesten Formen zwischenmenschlicher Beziehungen. Sie wird oft als freiwillige und bedingungslose Bindung beschrieben, die auf gemeinsamen Interessen, Erfahrungen und emotionaler Nähe basiert. Freundschaften sind nicht durch gesellschaftliche oder gesetzliche Verpflichtungen definiert, sondern entstehen durch das natürliche Zusammenspiel von Sympathie, Vertrauen und emotionaler Resonanz.

Eine echte Freundschaft kann viele Vorteile mit sich bringen:

- **Emotionaler Rückhalt:** Freunde bieten uns einen sicheren Raum, um unsere Gefühle auszudrücken, unsere Sorgen zu teilen und Unterstützung zu erhalten.
- **Gemeinsames Wachstum:** Durch Freundschaften haben wir die Möglichkeit, uns gegenseitig zu inspirieren, neue Perspektiven zu entdecken und gemeinsam an persönlichem Wachstum zu arbeiten.
- **Geselligkeit und Freude:** Freundschaften bringen Freude und Spaß in unser Leben, sei es durch gemeinsame Aktivitäten, Humor oder einfach durch die Gesellschaft eines geschätzten Menschen.

Kapitel 3.3. Die Grenzen zwischen Freundschaft und romantischer Liebe

Eine der häufigsten Fragen, die in Bezug auf platonische Beziehungen auftauchen, ist, wie man die Grenzen zwischen Freundschaft und romantischer Liebe zieht. Während eine romantische Beziehung oft mit körperlicher Intimität und einer tieferen emotionalen Bindung einhergeht, bleibt eine platonische Freundschaft im Allgemeinen frei von solchen Aspekten.

Es ist nicht ungewöhnlich, dass eine Freundschaft durch den Wunsch nach einer romantischen Beziehung kompliziert wird. Umso wichtiger ist es, die offenen und ehrlichen Gespräche zu führen, die notwendig sind, um Missverständnisse und Verletzungen zu vermeiden. In vielen Fällen können starke Freundschaften bestehen bleiben, auch wenn einer der Beteiligten romantische Gefühle entwickelt – vorausgesetzt, beide Parteien sind bereit, die Beziehung transparent zu gestalten und respektvoll mit den Gefühlen des anderen umzugehen.

Kapitel 5:

Familienliebe ist eine der grundlegendsten und vielschichtigsten Formen der Liebe, die uns im Laufe unseres Lebens begegnet. Sie bildet den Rahmen für unser erstes Verständnis von Nähe und Bindung und prägt unsere späteren Beziehungen tiefgreifend. Dieses Kapitel widmet sich der Analyse der verschiedenen Aspekte der Familienliebe, von den frühen Bindungen bis hin zu den Herausforderungen und Freuden, die sie mit sich bringt.

Kapitel 5.1 Die Bindung zwischen Eltern und Kindern

Die Beziehung zwischen Eltern und Kindern ist oft das erste und tiefste Beispiel für Familienliebe, das wir erleben. Diese Liebe beginnt schon vor der Geburt, im Moment der Schwangerschaft, und entwickelt sich weiter durch die frühen Jahre des Kindes. Die Bindung zwischen Eltern und Kindern ist geprägt von Fürsorge, Schutz und Unterstützung.

Bindungstheorie: In der Entwicklungspsychologie wird die Bedeutung dieser frühen Bindung durch die Bindungstheorie von John Bowlby und Mary Ainsworth betont. Sie beschreiben, wie eine sichere Bindung zwischen Eltern und Kind die Grundlage für eine gesunde emotionale und soziale Entwicklung bildet. Ein Kind, das sich sicher und geliebt fühlt, hat bessere Chancen, stabile Beziehungen im Erwachsenenalter zu entwickeln und emotionale Resilienz zu zeigen.

Elterliche Liebe und Verantwortung: Eltern haben die Aufgabe, ihre Kinder nicht nur zu lieben, sondern auch sie zu erziehen und auf das Leben vorzubereiten. Diese Verantwortung bringt eine tiefgreifende Form der Liebe mit sich, die sich in Geduld, Opferbereitschaft und unbedingtem Engagement ausdrückt. Die Herausforderungen, vor denen Eltern stehen, wie die Balance zwischen beruflichen und familiären Verpflichtungen, sowie die Schwierigkeiten beim Umgang mit den Bedürfnissen und Emotionen ihrer Kinder, erfordern oft eine kontinuierliche Reflexion und Anpassung ihrer Liebe.

Kapitel 5.2 Geschwisterliebe: Rivalität und Zusammenhalt
Geschwisterbeziehungen sind eine besondere Form der Familienliebe, die sowohl von Rivalität als auch von tiefem Zusammenhalt geprägt sein kann. Geschwister teilen oft gemeinsame Erfahrungen, Erinnerungen und eine einzigartige Art von Unterstützung, die sich von der Beziehung zu den Eltern unterscheidet.

Rivalität: Die Rivalität unter Geschwistern ist ein häufiges Phänomen, das oft in den frühen Jahren beginnt. Eifersucht und Konkurrenz können entstehen, wenn Geschwister um die Aufmerksamkeit und Liebe der Eltern kämpfen. Studien zeigen, dass gesunde Rivalität eine Rolle bei der Entwicklung von Selbstbewusstsein und sozialen Fähigkeiten spielen kann, solange sie nicht zu einem dauerhaften Konflikt führt.

Zusammenhalt: Trotz der Rivalität zeigt sich oft ein tiefes Gefühl des Zusammenhalts. Geschwister haben die Möglichkeit, sich gegenseitig durch Herausforderungen zu unterstützen und eine besondere Art von Verständnis füreinander zu entwickeln. Diese Beziehung kann eine starke Quelle von emotionalem Rückhalt und Vertrauen sein.

Kapitel 5.3 Liebe in der erweiterten Familie

Die Liebe innerhalb der erweiterten Familie, einschließlich Großeltern, Onkeln, Tanten und Cousins, spielt ebenfalls eine wesentliche Rolle in unserem Leben. Diese Beziehungen tragen zur emotionalen Unterstützung und zum sozialen Netzwerk eines Individuums bei.

Einfluss der Großeltern: Großeltern bieten oft eine zusätzliche Quelle der Liebe und Unterstützung. Ihre Erfahrungen und Weisheiten ergänzen die Erziehung durch die Eltern und bieten eine zusätzliche Perspektive auf das Leben. Großeltern sind oft in der Lage, eine andere Art von unvoreingenommener Liebe und Fürsorge zu geben, die für Kinder und Enkelkinder wertvoll ist.

Rolle der erweiterten Familie: Onkel, Tanten und Cousins können ebenfalls eine wichtige Rolle spielen, indem sie zusätzliche Unterstützung und soziale Interaktion bieten. Diese Verbindungen können dazu beitragen, ein Gefühl von Gemeinschaft und Zugehörigkeit zu fördern und wichtige soziale Fähigkeiten zu entwickeln.

Herausforderungen und Wachstum in der Familienliebe

Wie jede Beziehung ist auch die Familienliebe nicht ohne Herausforderungen. Konflikte, Missverständnisse und unterschiedliche Lebenswege können Spannungen verursachen. Es ist jedoch gerade durch diese Herausforderungen, dass wir oft am meisten über uns selbst und die Bedeutung der Liebe lernen.

Konfliktbewältigung: Konflikte in der Familie können anstrengend und schmerzhaft sein, aber sie bieten auch Möglichkeiten für

Wachstum und Verständnis. Die Art und Weise, wie Familienmitglieder Konflikte lösen und kommunizieren, kann die Stärke ihrer Bindung erheblich beeinflussen. Offenheit, Empathie und das Streben nach Kompromissen sind Schlüssel, um diese Herausforderungen zu bewältigen.

Veränderung und Anpassung: Die Dynamik in Familien verändert sich im Laufe der Zeit durch verschiedene Lebensphasen wie das Erwachsenwerden, die Gründung eigener Familien oder den Verlust von Angehörigen. Diese Veränderungen erfordern oft eine Anpassung der Beziehungen und eine Neubewertung der Rolle jedes Familienmitglieds. Flexibilität und Bereitschaft zur Anpassung sind wichtig, um die Liebe in der Familie aufrechtzuerhalten.

Die Bedeutung der Familienliebe für unser Leben

Die Liebe innerhalb der Familie ist eine fundamentale Quelle von Unterstützung und Stabilität. Sie beeinflusst unsere emotionale Gesundheit, unser Selbstwertgefühl und unsere Fähigkeit, Beziehungen zu anderen Menschen aufzubauen. Die Erfahrungen, die wir innerhalb der Familie machen, prägen unser Verständnis von Liebe und unsere Erwartungen an Beziehungen im Allgemeinen.

Emotionale Sicherheit: Familienliebe bietet eine Basis emotionaler Sicherheit, die es uns ermöglicht, uns in der Welt sicherer und geborgener zu fühlen. Diese Sicherheit ist entscheidend für unser Wohlbefinden und unsere Fähigkeit, gesunde Beziehungen zu anderen aufzubauen.

Lebenslange Verbindung: Die Beziehungen innerhalb der Familie können uns ein Leben lang begleiten. Die Unterstützung, die wir von

unseren Familienmitgliedern erhalten, kann uns in schwierigen Zei-
ten stärken und in guten Zeiten Freude bringen. Diese lebenslange
Verbindung ist ein wertvoller Bestandteil unseres emotionalen
Netzwerks.

Kapitel 6: Die spirituelle Dimension der Liebe

Die spirituelle Dimension der Liebe umfasst weit mehr als nur zwischenmenschliche Beziehungen; sie berührt den Kern unserer Existenz und unser Verständnis des Universums. In diesem Kapitel erforschen wir, wie Liebe in verschiedenen spirituellen und religiösen Traditionen betrachtet wird, wie sie unser Leben bereichern kann und welche universellen Prinzipien sich hinter der spirituellen Vorstellung von Liebe verbergen.

Kapitel 6.1. Liebe als universelle Kraft

In vielen spirituellen Traditionen wird Liebe als eine universelle Kraft angesehen, die alles Leben miteinander verbindet. Diese Vorstellung geht über das persönliche Erleben von Liebe hinaus und impliziert, dass Liebe eine grundlegende Energie ist, die das Universum durchdringt. Diese Sichtweise findet sich in der östlichen Philosophie, insbesondere im Hinduismus und Buddhismus, wo Liebe als eine Form von universeller Verbundenheit oder kosmischer Energie betrachtet wird.

Im Hinduismus wird die Liebe oft mit der göttlichen Präsenz in Verbindung gebracht. Die Vorstellung von *Bhakti* oder Hingabe beschreibt eine Liebe, die sich in der Verehrung des Göttlichen manifestiert. Diese Liebe ist nicht nur eine persönliche Empfindung, sondern ein Ausdruck der Einheit mit dem Universum und dem Göttlichen. In der vedischen Tradition gibt es die Idee, dass wahre Liebe die Verschmelzung mit dem Absoluten, dem *Brahman*, ist. Diese Form der Liebe führt zu einer tiefen spirituellen Erfüllung und einem Gefühl der Ganzheit.

Der Buddhismus betrachtet Liebe in der Form der *Metta*, oder liebenden Güte, als einen Zustand des Geistes, der über persönliche Vorlieben hinausgeht. Metta ist eine bedingungslose Liebe, die allen Lebewesen gilt, unabhängig von deren Verhalten oder Eigenschaften. Diese Form der Liebe wird als Mittel zur Überwindung von Angst und Feindseligkeit gesehen und als Weg zur Erleuchtung.

Kaptiel 6.2. Religiöse Perspektiven auf Liebe

In den großen Weltreligionen spielt Liebe eine zentrale Rolle, wobei sie oft als Ausdruck göttlicher Eigenschaften angesehen wird. Im Christentum ist Liebe eine der zentralen Botschaften des Neuen Testaments. Jesus Christus lehrte, dass die Liebe zu Gott und die Liebe zum Nächsten die zwei wichtigsten Gebote sind. Die Idee der *Agape* , einer bedingungslosen und selbstlosen Liebe, steht im Mittelpunkt der christlichen Lehren. Diese Liebe ist ein Ausdruck der göttlichen Natur und wird als Weg zur Vereinigung mit Gott betrachtet.

Im Islam ist die Liebe zu Allah und zu seinen Geschöpfen ein zentrales Prinzip. Die arabische Sprache hat mehrere Begriffe für Liebe, darunter *Hubb*, das eine tiefe, göttliche Liebe beschreibt. Der Koran lehrt, dass die Liebe Allahs zu den Gläubigen unermesslich und bedingungslos ist und dass Gläubige diese Liebe widerspiegeln sollten, indem sie mit Güte und Barmherzigkeit gegenüber anderen handeln.

Im Judentum ist die Liebe zu Gott, die *Ahavat Hashem*, ebenso wichtig wie die Liebe zu den Mitmenschen, die *Ahavat Yisrael*. Die jüdische Tradition sieht Liebe als eine Art göttliche Ordnung, die das Leben strukturiert und die ethischen Beziehungen zwischen Menschen leitet. Diese Liebe manifestiert sich in Geboten und Ritualen, die darauf abzielen, eine harmonische und gerechte Gesellschaft zu schaffen.

Kapitel 6.3. Die Rolle der Liebe in der spirituellen Praxis

In vielen spirituellen Praktiken wird Liebe als der Schlüssel zu innerem Frieden und Erleuchtung angesehen. Meditation, Gebet und andere spirituelle Disziplinen zielen oft darauf ab, eine tiefere Verbindung zur Liebe zu erfahren und diese Liebe in unser tägliches Leben zu integrieren.

In der Mystik, sei es im Christentum, Islam oder Judentum, wird oft betont, dass die wahre Erkenntnis Gottes durch die Erfahrung seiner Liebe kommt. Mystische Praktiken, wie die christliche Kontemplation oder die islamische Sufimystik, beinhalten oft eine direkte Erfahrung des Göttlichen, die als durchdrungen von Liebe beschrieben wird.

Im Yoga und anderen östlichen Traditionen wird die Praxis der Liebe als Mittel zur Selbsterkenntnis und zur spirituellen Befreiung angesehen. Die Praxis der *Metta* oder der liebenden Güte-Meditation in der buddhistischen Tradition fördert die Entwicklung eines offenen, liebenden Herzens und hilft dabei, emotionale Blockaden zu lösen und die Verbindung zu anderen Lebewesen zu vertiefen.

Kapitel 7: Liebe und Gesellschaft

Liebe ist ein universelles Gefühl, das in jeder Gesellschaft eine zentrale Rolle spielt. Sie ist nicht nur eine persönliche Erfahrung, sondern auch tief in sozialen und kulturellen Strukturen verankert. In diesem Kapitel untersuchen wir, wie gesellschaftliche Normen, Traditionen und moderne Entwicklungen die Art und Weise beeinflussen, wie wir Liebe verstehen und erleben.

Kapitel 7.1 Liebe in der modernen Welt: Ein Vergleich mit früheren Zeiten

In der Vergangenheit waren Vorstellungen von Liebe oft stark durch soziale und kulturelle Normen geprägt. In vielen traditionellen Gesellschaften wurden Partnerschaften arrangiert, um soziale oder wirtschaftliche Vorteile zu sichern. Die romantische Liebe, wie wir sie heute verstehen, war häufig nicht der Hauptfaktor bei der Wahl eines Partners. Stattdessen waren Familienbindungen und gesellschaftlicher Status von größerer Bedeutung.

Im Laufe der Jahrhunderte hat sich das Verständnis von Liebe verändert. Die Aufklärung brachte neue Ideen über individuelle Freiheit und persönliche Wahl mit sich. Die romantische Liebe wurde zunehmend als Grundlage für Ehen und Partnerschaften akzeptiert. In der modernen westlichen Welt ist die Idee, dass Liebe die Grundlage für eine Beziehung sein sollte, weit verbreitet.

2. Liebe und Geschlechterrollen

Gesellschaftliche Normen und Geschlechterrollen beeinflussen stark, wie Liebe gelebt und erlebt wird. In vielen Kulturen gab es lange Zeit strenge Regeln darüber, wie Männer und Frauen sich in

Beziehungen verhalten sollten. Diese Rollenbilder legten fest, wer welche Verantwortung trug und wie die Ausdrucksformen der Liebe gestaltet werden sollten.

In den letzten Jahrzehnten hat sich das Bild von Geschlechterrollen gewandelt. Die Gleichstellung der Geschlechter und das Aufbrechen traditioneller Rollenbilder haben dazu beigetragen, dass Partnerschaften flexibler und individueller gestaltet werden können. Liebe wird zunehmend als etwas angesehen, das nicht durch Geschlechterrollen eingeschränkt ist, sondern als eine Erfahrung, die von beiden Partnern in ihrer eigenen Art und Weise gelebt wird.

Kapitel 7.2. Die Rolle der Liebe in sozialen Bewegungen

Liebe hat sich auch als treibende Kraft in sozialen Bewegungen erwiesen. Historisch gesehen haben viele Bewegungen, die sich für soziale Gerechtigkeit und Gleichheit eingesetzt haben, Liebe als zentralen Wert betont. Die Bürgerrechtsbewegung, die LGBTQ+-Rechte und die feministischen Bewegungen haben alle Aspekte der Liebe hervorgehoben, um ihre Ziele zu erreichen.

In diesen Kontexten wurde Liebe oft als eine Kraft dargestellt, die Barrieren abbaut und Menschen zusammenbringt. Die Vorstellung von Liebe als universeller und inklusiver Kraft hat dazu beigetragen, gesellschaftliche Veränderungen voranzutreiben und Diskriminierung zu bekämpfen.

Kapitel 7.3. Die Auswirkungen der Technologie auf die Liebe

In der heutigen digitalen Ära hat die Technologie die Art und Weise, wie wir Liebe erleben und ausdrücken, revolutioniert. Online-Dating-Plattformen, soziale Netzwerke und digitale Kommunikationsmittel haben neue Möglichkeiten geschaffen, Beziehungen zu knüpfen und aufrechtzuerhalten.

Die Technologie hat sowohl positive als auch herausfordernde Auswirkungen auf die Liebe. Auf der einen Seite ermöglicht sie Menschen, über große Distanzen hinweg in Kontakt zu bleiben und neue Partner zu finden. Auf der anderen Seite gibt es Bedenken, dass die virtuelle Welt die Qualität und Tiefe der zwischenmenschlichen Beziehungen beeinträchtigen könnte. Die Geschwindigkeit und Oberflächlichkeit mancher digitaler Interaktionen stehen im Kontrast zu den tiefen emotionalen Verbindungen, die oft in persönlichen Beziehungen entstehen.

Kapitel 8: Liebe und Verlust

Verlust ist ein unvermeidlicher Teil des Lebens, und wenn er die Liebe betrifft, kann er besonders schmerzhaft und komplex sein. In diesem Kapitel möchten wir erkunden, wie Liebe und Verlust miteinander verknüpft sind, welche Auswirkungen Verlust auf unsere Erfahrung von Liebe hat und welche Wege es gibt, mit diesem Schmerz umzugehen.

Kapitel 8.1. Die Schmerzen des Liebeskummers

Liebeskummer ist eine universelle Erfahrung, die viele von uns irgendwann in unserem Leben durchleben müssen. Ob es sich um das Ende einer romantischen Beziehung, den Verlust eines engen Freundes oder den Tod eines geliebten Menschen handelt – die Gefühle, die wir erleben, können überwältigend sein.

Der Schmerz des Liebeskummers ist oft tief und vielschichtig. Er kann sich in körperlichen Symptomen wie Schlaflosigkeit, Appetitlosigkeit oder sogar physischen Schmerzen manifestieren. Emotionale Symptome wie Traurigkeit, Wut, Schuld und Verzweiflung sind ebenfalls häufig. Der Verlust kann uns in eine emotionale Leere stürzen und uns das Gefühl geben, dass ein bedeutender Teil von uns selbst verloren gegangen ist.

Psychologisch betrachtet kann Liebeskummer eine Art Trauerprozess sein, der viele der Phasen durchläuft, die auch bei anderen Formen der Trauer vorkommen: Leugnung, Wut, Verhandlung, Depression und schließlich Akzeptanz. Jeder Mensch durchläuft diese

Phasen auf seine eigene Weise, und es gibt kein „richtiges" Tempo, um durch den Kummer zu kommen.

Kapitel 8.2. Die Schmerzen des Liebeskummers

Liebeskummer ist eine universelle Erfahrung, die viele von uns irgendwann in unserem Leben durchleben müssen. Ob es sich um das Ende einer romantischen Beziehung, den Verlust eines engen Freundes oder den Tod eines geliebten Menschen handelt – die Gefühle, die wir erleben, können überwältigend sein.

Der Schmerz des Liebeskummers ist oft tief und vielschichtig. Er kann sich in körperlichen Symptomen wie Schlaflosigkeit, Appetitlosigkeit oder sogar physischen Schmerzen manifestieren. Emotionale Symptome wie Traurigkeit, Wut, Schuld und Verzweiflung sind ebenfalls häufig. Der Verlust kann uns in eine emotionale Leere stürzen und uns das Gefühl geben, dass ein bedeutender Teil von uns selbst verloren gegangen ist.

Psychologisch betrachtet kann Liebeskummer eine Art Trauerprozess sein, der viele der Phasen durchläuft, die auch bei anderen Formen der Trauer vorkommen: Leugnung, Wut, Verhandlung, Depression und schließlich Akzeptanz. Jeder Mensch durchläuft diese Phasen auf seine eigene Weise, und es gibt kein „richtiges" Tempo, um durch den Kummer zu kommen.

K apitel 8.3 Wege zur Heilung und Transformation

Die Heilung nach einem Verlust ist ein individueller Prozess, der Zeit, Geduld und Selbstmitgefühl erfordert. Es gibt jedoch einige

Wege, die vielen Menschen helfen können, diesen schwierigen Weg zu beschreiten:

a. Akzeptanz der Trauer: Es ist wichtig, die Traurigkeit anzuerkennen und zuzulassen, anstatt sie zu unterdrücken. Trauern ist ein natürlicher Teil des Heilungsprozesses und erlaubt es uns, unsere Emotionen zu verarbeiten.

b. Unterstützung suchen: Freunde, Familie oder professionelle Therapeuten können eine wertvolle Unterstützung bieten. Der Austausch von Gefühlen und Erinnerungen kann dabei helfen, den Schmerz zu verarbeiten und neue Perspektiven zu gewinnen.

c. Selbstpflege: Achte auf dein körperliches und emotionales Wohlbefinden. Gesunde Ernährung, regelmäßige Bewegung und ausreichender Schlaf können dabei helfen, deine Resilienz zu stärken und die emotionalen Wunden zu heilen.

d. Erinnerungen bewahren: Das Festhalten an positiven Erinnerungen an die verlorene Liebe kann Trost spenden. Dies kann durch das Erstellen eines Erinnerungsalbums, das Schreiben von Briefen oder das Pflegen von Ritualen geschehen, die den Verlust ehren.

e. Neues entdecken: Manchmal kann der Verlust auch als Gelegenheit gesehen werden, neue Wege zu gehen. Das Eintauchen in neue Interessen oder das Setzen neuer Ziele kann helfen, den Lebenssinn wiederzufinden und eine neue Richtung zu finden.

Kapitel 8.3 Wie Verluste unser Verständnis von Liebe vertiefen können
Obwohl Verlust oft schmerzhaft ist, kann er auch eine Gelegenheit bieten, das Verständnis und die Wertschätzung von Liebe zu vertie-

fen. Durch den Schmerz und die Reflexion, die mit Verlust einhergehen, können wir lernen, wie kostbar und zerbrechlich Liebe sein kann.

Der Verlust lehrt uns oft, die verbleibende Liebe in unserem Leben noch mehr zu schätzen. Er kann uns auch dazu inspirieren, authentischer in unseren Beziehungen zu sein, unsere Gefühle offener auszudrücken und die verbleibende Zeit mit unseren Liebsten intensiver zu erleben.

Darüber hinaus kann die Erfahrung von Verlust uns helfen, Mitgefühl für andere zu entwickeln, die ähnliche Erfahrungen gemacht haben. Die Verbindung zu anderen Menschen, die ähnliche Schmerzen erlebt haben, kann eine tiefere, empathische Beziehung ermöglichen.

Schlussbetrachtung

Liebe und Verlust sind untrennbar miteinander verbunden. Der Schmerz des Verlusts kann uns herausfordern, aber er kann auch als Katalysator für persönliches Wachstum und ein tieferes Verständnis von Liebe dienen. Indem wir uns den schwierigen Gefühlen stellen und Wege finden, damit umzugehen, können wir gestärkt aus der Erfahrung hervorgehen und unsere Fähigkeit zur Liebe weiterentwickeln.

Der Weg durch den Verlust ist nicht einfach, aber er ist ein bedeutender Teil der menschlichen Erfahrung. Indem wir lernen, mit den Wellen des Kummers umzugehen und die Lektionen, die er uns bietet, zu nutzen, können wir unsere eigene Reise der Liebe und des Lebens bereichern.

Schlusswort: Die unendliche Reise der Liebe

Liebe ist eine unendliche Reise, die uns durch die Höhen und Tiefen unseres menschlichen Daseins führt. Es gibt wohl kaum ein Thema, das so umfassend und vielfältig ist wie die Liebe. Wenn wir uns am Ende dieses Buches dem Schlusswort nähern, erkennen wir, dass Liebe in ihrer unermesslichen Tiefe und Komplexität kein endgültiges Ziel, sondern eine fortwährende Reise ist.

Die ewige Suche nach Liebe

Von der ersten Begegnung bis zur letzten Erinnerung, die Liebe begleitet uns auf Schritt und Tritt. Sie ist die treibende Kraft, die uns motiviert, uns weiterzuentwickeln und über uns hinauszuwachsen. Oft sind wir auf der Suche nach einem idealen Bild von Liebe – sei es die große romantische Geschichte, die wir in Filmen sehen, oder das perfekte Familienleben, das uns in der Werbung präsentiert wird. Doch die wahre Liebe zeigt sich selten in diesen idealisierten Formen. Sie ist vielmehr ein Prozess des ständigen Wandels und Lernens.

Die Suche nach Liebe ist oft auch eine Suche nach uns selbst. Durch unsere Beziehungen lernen wir unsere eigenen Stärken und Schwächen kennen. Die Herausforderungen, die wir in der Liebe erleben, spiegeln oft unsere inneren Konflikte wider und bieten uns die Möglichkeit, uns weiterzuentwickeln. In den Momenten der Freude und des Schmerzes erkennen wir, wie tief die Liebe unser Leben durchdringt und uns formt.

Wie wir die Liebe in unser tägliches Leben integrieren können

Die Liebe ist nicht nur ein Gefühl, das in besonderen Momenten auftritt, sondern sie sollte auch in unserem Alltag präsent sein. Es ist wichtig, Liebe in kleinen, alltäglichen Gesten zu zeigen – sei es durch ein freundliches Wort, eine unterstützende Handlung oder einfach durch das Zuhören. Diese kleinen Akte der Liebe können oft genauso bedeutungsvoll sein wie große romantische Gesten.

Die Integration der Liebe in unser tägliches Leben erfordert Bewusstsein und Absicht. Es bedeutet, die Menschen um uns herum bewusst wertzuschätzen, Empathie zu zeigen und aufrichtiges Interesse an ihrem Wohlbefinden zu haben. Es bedeutet auch, sich selbst mit Liebe und Mitgefühl zu begegnen, um in der Lage zu sein, Liebe authentisch und bedingungslos weiterzugeben.

Gedanken zur Zukunft der Liebe

Die Zukunft der Liebe ist ebenso ungewiss wie faszinierend. In einer Welt, die sich ständig verändert und in der technologische Fortschritte immer neue Formen der Kommunikation und Interaktion ermöglichen, stellt sich die Frage, wie sich unsere Vorstellungen und Erfahrungen von Liebe weiterentwickeln werden. Die Herausforderung wird darin bestehen, die authentische menschliche Verbindung in einer zunehmend digitalisierten Welt zu bewahren und zu pflegen.

Doch trotz aller Veränderungen bleibt die Essenz der Liebe dieselbe. Sie ist das, was uns verbindet, uns menschlich macht und uns Hoffnung gibt. Die Formen und Ausdrucksweisen der Liebe mögen sich wandeln, doch ihre grundlegende Kraft bleibt bestehen. Sie ist das

Fundament, auf dem wir unsere Beziehungen aufbauen, und die Quelle, aus der wir immer wieder neue Stärke schöpfen.

In der unendlichen Reise der Liebe finden wir nicht nur die tiefsten Glücksmomente unseres Lebens, sondern auch die tiefsten Lernprozesse. Liebe ist der Begleiter auf unserem Lebensweg, der uns dazu anregt, besser zu werden, uns selbst zu entdecken und unser volles Potenzial zu entfalten. Sie ist die Quelle der schönsten Erinnerungen und die Lektion, die uns zeigt, dass wir alle Teil eines größeren Ganzen sind.

Während wir dieses Buch schließen und unsere eigene Reise fortsetzen, möge uns die Erkenntnis begleiten, dass die Liebe in all ihren Formen eine ständige Einladung zur Weiterentwicklung und zum Wachstum ist. In jedem Moment haben wir die Möglichkeit, die Liebe zu erfahren, zu geben und zu empfangen – und in diesem stetigen Fluss der Liebe liegt die wahre Magie des Lebens